# 玉響《たまゆら》

正木ゆう子 句集

春秋社

玉響《たまゆら》は露。朝日に向かって見る露は透明だが、
朝日を背にして見る露は反射光なので、虹のように色がある。

装幀　　笠原正孝

目次

# 触角

おほかたは蕾よ梅のうれしさは

対岸に水飲むきつね斑雪《はだれゆき》

春水と水草《みくさ》互《かたみ》に梳り

わが見れば吾の痕跡初蝶に

ゆづりあふことのあるらむ蜷《にな》の道

仔猫の爪を以て仔猫を胸に留む

ゆれてゐる気がするゆれてゐる朧

春眠の繊毛戦《そよ》ぐ耳の奥

竹の葉の散るやもとよりめまひ癖

春の蟬しづけさといふ周波数

フレコンバッグの中なる春の土のころ
みな黒き袋に詰めて春景色

以来そこに在るヘルメット走り梅雨

夏帽子ふたつ掛けあり生と死と

翠玉のたましひならむ蜥蜴の子

黒百合の花束黒といへば黒

くもの糸ひひらぎの葉を転《くる》めかし

地蜘蛛の巣のさはり心地をいつまでも

片陰の犬の狼歩きかな

ほつれとも網とももからすうりの花

どの神も夏帽似合ひ八百万

脱ぐ前にはちきれてをり竹の皮

ぬかるみに板置く蓮見準備かな

潜水に浮力ふりきり河烏

水面よりすぽんと抜けて河烏

触角を振り振りゆかむ朝曇

鬼蓮の葉にしてみたき昼寝かな

しんかんと真昼や蚊帳の片外し

たれも見ぬ深山の螢火になれるか

那須

小深堀

末黒野やおほぞらにこゑ戻りそめ

燼《もえさし》に弧あり直《すぐ》あり焼野原

末黒野にこれは何かの何処かの骨

穴あれば覗き末黒野横切れり

末黒野に深入りしたる眺めかな

わらわらと燼ゆらぎ焼野に月

骨灰となりて黄砂にまぎるるも

子雲雀のぶらぶら歩き虫唖へ

蜂の巣を詠めとくれたる人ありて

乳房めく蜂の子乳首めくは口か

蜂の子の身を捩ぢて熱発しけり

二層目のための柱が蜂の巣に

六角形に蓋して蜂の繭籠り

曲がり角あれば曲がりて鬼やんま

茶臼岳

とんぼの空の上にとんぼの空幾重

遠忌てふ死に齢あり風聞草

我こそはとみな生きて去る風の荻

冬瓜と夕顔の実と従姉妹めく

秋燕の結集のひたすらを見き

ホバリングして見す鵟《のすり》かと問へば

枯野擦る鵟の如くマッチ擦る

那須五岳全容見ゆる鵟かな

何のことぶれ谷おしのぼる冬の霧

もやもやと来る吹越のはじめかな

連山の切れ目漏れくる雪暗し

空間のすみずみに雪降り出せり

ダウンジャケット圧縮袋解けば夜空

仰ぐやただ雪降る闇の峙つを

美しいデータとさみしいデータに雪

雪晴やママさんダンプ臍で押す

ママさんダンプは除雪用具

スコップも硫気に錆びて冬の山

温泉神社

鈴引けば硫気を発し初社

殺生石割れて淑気をあらたにす

山裾を踏み山巓へ御慶かな

常宿にて月兎の図に「つきにつきます。ツキつづきます。」の詞書あれば

月に搗く餅も加へむ鏡餅

常宿の女将雅子さん

梟を見たと頭を回し見す

灯のおよぶ限りの雪へおやすみなさい

# 草を踏む

蟷螂のあし繊繊と草を踏み

知恵の黄色集めて秋の麒麟草

秋の蜘蛛おどろきやすく網震ふ

徒長枝の先まで山の芋の蔓

ひとひらの炎《ほ》をふたひらに秋彼岸

秋風に攫はれし炎のすぐ戻る

蛸壺工場たこつぼ二万積む秋天

椋鳥をざっと一万吸ひたる樹

惜しみなく葉に穴あいて秋の山

煙茸躁か鬱かと突つつきぬ

憧れのもののひとつに芋水車

老いそめし男愛《かな》しと芋煮やる

夫婦長し酢に赤蕪の色の出て

鰯好きは和泉式部もいさみ食ふ

選句

つゆけしや葉書千枚づつ重ね

わが机四肢ふんばつて秋深し

ひたひたと寝にくる猫や霜のこゑ

着ぶくれて灰かぶりたるグレイヘア

ゼムクリップ磁気に集まり霜降る夜

霜柱覗き分け入りてもみたし

冬館ささら板にも獣の毛

アロエ咲く鶏鳴の庭川音《かわと》の家

真の闇見しは臘八会のインド

火花散る電子レンジやクリスマス

雪をんな氷の鍵の溶けぬ間に
微笑んでくちびるを切る冬木立

黄金が緑に見ゆるまで冬日

風花が過ぎ風花がくる猫の耳

梅咲いて猫に小さな鼻の穴

あやとりの箒に掃かむ雛の塵

笑ひ転げしままに仕舞はれ仕丁雛

兵戈なき雛壇をこそひなまつり

# 無辺

犇《ほん》驫《ひゅう》羴《せん》鱻《せん》淼《びょう》灥《せん》森《しん》涅《ね》槃《はん》西《に》風《し》

拙句に「藤の花よりもはるかに桐の花」あれば

桐の花よりもはるかに懸かり藤

盆栽町

春夜齮《ぎ》齮《ぎ》と骨締まるなり作松

狩野了一『山姥』

山姥に見据ゑられたき花の下

散つて地のあからめるまで桜蘂

濡れて重たき昭和の傘よ昭和の日

花下草上君はおでこの鳥かな

スキップもするよ恋する鳥ゆゑ

永末恵子に

雲の粒子あなたの粒子春日影

春の空さびしくもなき虚しさに

花みかん経のごとくに香を流し

木の方へ転がし返す夏みかん

あかるさや浅き潮に水雲《もづく》ゆれ

よい考へブルーフィッシュの如く散る

あえかなる稚《をさな》山女魚の斑《ふ》なりけり

蕗ゆれてひとり遊びの狐の子

子狐に届く夜鷹の独り言

夜鷹遥かだんだん呼ばれゐるごとく

梅檀二十周年

無辺てふ色ありとせば花樗《あふち》

桔槹百周年

涼しさや石の重みのはねつるべ

桔槹《きっかう》の水よと注ぐ釣忍

須賀川の芭蕉を思へば

逃げ水をひたひたと踏みゆく人よ

黒羽浄法寺桃雪邸

芭蕉ふと男臭さよ葉鶏頭

安積野《あさかの》に露を湛へて鹿の目は

舌頭に露置くごとき言葉かな

まさびしき人よと鶲訪ね来る

熊本 五高

ぬばたまの黒髪町や漱石忌

黒豆を煮るや黒耀石の艶

先づ肥後の赤酒をこそ年用意

あらたまの阿蘇宇佐伊勢諏訪ひとつらね

読初のいきなり兄の句に出合ふ

家にあり墓にもありて冬の槙

印画紙にみな濡れて立つ春着かな

回想

茶毘までのつめたき頬よ春の月

兄の死を嘆きし父母も亡くて春

三十三回忌

兄の死ののちの嫂《あによめ》すみれ草

むかし土橋に踏み抜きし穴麦の秋

かの樟も若葉のころよ帰らむか

暗室に父モノクロの虹を濯ぎ

父の唄聞きたる一度青木賊

蚊帳の環《かん》たんすの環の音はるか

# 幽禽

戦場ヶ原幻想　五句

夏霧の谷幽禽と幼木と

地震《なゐ》微か藻畳に散る花卯木

濡れそぼつ綿菅をさてどうするか

藻畳に青蚊帳を吊る逢瀬かな

藻搦みの櫂引き上げて星夜なる

相寄りて引き寄せて蓴《ぬなは》舟二艘

月の受粉待つかに月見草平ら

空蟬を小流れに載す恋の終はり

馬の腹の如きの垂れて蚊帳の天

這ひ上がる山瀬風《やませ》に門を閉ざしけり

松山俳句甲子園

少年の歔泣の肩に触れ晩夏

松山市風早西ノ下

土用波河口といへど十尋ほど

北条鹿島

船に三分乗れば着く島黒日傘

島山の一塊《かたまり》の蟬しぐれ

赤坂天王山一号墳
古墳の口開きしままに豊の秋

鍋倉渓
石川の磊磊たるに秋の風

町名即俳句

若宮通万寿寺上ル月見町

旧中山道

泊まりたきは寝物語の露の宿

双翼のさまに月見の芒かな

鍵束のどの部屋もいま月の部屋

杉の葉の散る音の憑く旅の後

峠

星糞峠　七句
長野県にある星糞峠は石器の材料黒耀石の原産地。星糞はその破片。

この奥の星糞峠いまは雪

氷かと見れば黒耀石剝片

凍る夜空のいろに鏃《やじり》の美しく

吾も欲しき黒く冷たき握斧

星糞峠下り来るをとこ裘《かはごろも》

地に星糞天に星糞去年今年

息白くわれへ繫がる太古かな

白樺峠　二十一句

けふ空の色変はりたる鷹渡し

三層の雲ゆきちがひ秋彼岸

見ゆるがに上昇気流秋の山

はるかなれば白濁として鷹柱

ひとつ湧きひとつ加はり鷹柱

ときをりは翼避け合ひ鷹柱

鷹湧いて湧いて一天深かりき

円柱の熱気塊なり鷹柱

鷹の空あさぎまだらも羽張りて
あさぎまだら松虫草を道標

途上とは松虫草に羽たたみ

人を怖るる余裕なきまで渡り蝶

渇きては露にとりつく蝶のあし

老練のつばさ遣ひに鷹一羽

鷹今し風の本流とらへたる

鷹渡る気流にひたと位置を占め

全速の滑空に入る鷹の数

行く鷹の後ろにこの世なき如く

三千羽ひと声もなく鷹渡る

消ゆるまで見送れば鷹消えにけり

よき枝のあれかし旅の夜の鷹に

# 狼の祭

新型コロナウイルス感染拡大

梟の音なくよぎるやうに日々

人の疫知りしんしんと木々芽吹く

ワクチン接種　拙句に「水の地球すこしはなれて春の月」あれば

梅雨の椅子すこしはなれて次の椅子

黒日傘盾ともなしてすれ違ふ

落葉踏む磁石のやうに避け合ひて

α株 β株 γ株…

Ω株ののちの月日を草の絮

入院

癌ぐらゐなるわよと思ふ萩すすき

手術日は狼けものまつる候

小夜時雨病みて男をひとりにす

絶食のときも歯磨き十三夜

寝返りをうつはずもなき手術台

身にしみて導尿管はわが温み

看取りなら枯蟷螂に願ひたく

身を庇ふこと冬蝶を飼ふごとく

おろし人参ガーゼに絞り寅彦忌

歩み来る年へ机を空けにけり

身体てふ宿主へまづ御慶かな

はらわたとたましひを以て年迎ふ

冬日燦今日もいちにち私の日

命より一日大事冬日和

今ここに居なさいと冬泉鳴る

がんばるなと言はれ三冬がんばらず

よく嚙んでをれば鵯鳴く目白来る

わけもなく大丈夫なり冬青空

さらさらとただ息をしてわらび野へ

歩く

一瞬のわれへとびつき春日出づ

春分の道いつぱいに日が昇り

真東へ歩き春日へ入るごとし

わが町に清からねども春の川

けふ土手は紋白蝶の祭らし

狼の裔なる君と青き踏む

猫の肛門犬の肛門うららかに

枝蔭のくぐもり鳴きや鳥の恋

心中といふ手もありて鳥の恋
鳥の恋尾を縦に振り横に振り

防草シートの繊維も巣材咥へ翔つ

羽ばたいて鳴いて巣立を促せる

戸袋の巣を一羽づつ出る騒ぎ

屈強の山羊と歩めば草芳し

平均台うしろ歩きに春惜しむ

へらおほばこの花の始終もおもしろく

触れ摑み握り巻きたる芋の蔓

ひとの夢のなかを放浪《さる》けば不如帰

鳴く声の旭光旭暉無常鳥

藺の花の地味も武蔵の水の景

青蘆に棒のやうなる雨の脚

たちまちの柳絮吹雪にとりまかれ

こぬかあめ水面の柳絮おし沈め

柳絮ふぶきの奥より誰も戻り来ず

魚住陽子へ

話したかつたミッキーマウスの実のことも

ウイグルのパリダさん如何に梅雨の星

茫と呼べば僗と答ふる牛蛙

牛蛙の声に応へて合歓ひらく

沼はもう蚋の領域近づかず

水無月の霧にも水位上がる沼

打ち身なき杏の四五個得て豊か

煮くづれさせまじく杏に火を細く

甘酒を醸すにかまけらいてう忌

澁谷道さんと約束

蟬羽月お茶をするなら竹林で

年上の人みな老いて星祭

傾眠のゆめ継ぐからすうりのはな

一葉も揺らさず朝の霧満つる

どこまでもゆく葛の花あれば嗅ぎ

# 胡桃

うしろにも音して胡桃落ちにけり

鬼胡桃拾ふや栗鼠に配るほど

また今日も拾っちまった鬼胡桃

泥土までは踏み込まねども胡桃採り

鬼胡桃まだ落ちるぞと鈴なりに

鬼胡桃流れてゆけるところまで

かく白き仁を蔵して鬼胡桃

薄切りの檸檬積み上ぐ瓶の中

檸檬置けば檸檬の尻の可笑しさよ

檸檬捥いでしまへば檸檬の木かどうか

ざうざうと五百枝《いほえ》万葉けやき散る
眥《まなじり》は鵙にてわれを一瞥す

月桂樹の落葉焚きてふ誘ひあれ

割つて石榴の粒ぶちまける夜なりけり

裸木の胡桃も今は親しき木

胡桃材に冬日銃床になどなるな

加担者でないと言へるか蜜柑甘く

欠け落葉穴開き落葉みんな霜

マグマ揺り上げて山山冬に入る

息を吐くかたちに冬の欅かな

朝朝のいよいよ暗き冬至以後

ひっつき虫の原つぱを刈り年用意

千枚漬真円少しづつずらし

瓦斯の火に有機のにほひ冬暁

なみなみと湛ふるものを去年今年

ちらちらと木伝《こづた》ふひかり初雀

媼かもしれぬ水神井華水

どちらかといへば暗いからどちらかといへば明るいへと寒暁

例の梅と言へばわかりて寒の梅

こぼれては潜みて笹子鳴く小藪

風花や古き手紙のおそろしく

強霜の美しければ久女の忌

絶滅せぬ種は無く廻る寒北斗

玉響

ゆらゆらと湧きふるふると冬泉

左手の手袋も取り冬泉

翡翠は一滴のあを冬泉

シリウスのわれ眷属と翡翠来

翡翠を従へ今朝の冬帝は

大宮氷川神社

ぬばたまの黒光の冬泉なり

父情あり冬帝にそして死神に

姉洋子　出生時の脳損傷による半身不随の生涯を穏やかに閉づ

そのやうな逝きかた春風に乗るやうな

慈愛園

神水《くわみづ》てふ終の地ぞ佳き春の湖

花菜風死に照らされて一生あり

人亡くて誕生日くる雨水かな

ももいろの喪ごころもあれ桃の花

鶯のこゑのひとつは訝らし

料峭の大鷹ならむ声せつなし

うつとりと小屋溶けかかる野梅かな

紅梅の蘂蘂白梅の蘂蘂蘂

ドライアイスのやうに消えたら春の空

竜天に登るうろこかはなびらか

当地に水神伝説ありて

狼の添ひ寝に覚めて罔象女《みづはのめ》

みづはのめ微塵の春の露踏みて

玉響のはるのつゆなり凜凜と
はるのつゆふれあふ鈴の音かとも

足元もはるかな露もうつくしく

露の原股覗きして老いんかな

逆光に順光にひとつぶの露
ゆらめいてこの星もひとつぶの露

正木ゆう子　　本名 笠原ゆう子

1952年　熊本市生まれ
1975年　お茶の水女子大学卒業
1986年　句集『水晶体』（私家版）
1993年　兄・正木浩一の遺句集『正木浩一句集』（深夜叢書社）を編集刊行
1994年　句集『悠 HARUKA』（富士見書房）
1999年　俳論集『起きて、立って、服を着ること』（深夜叢書社）
2000年　同俳論集により第14回俳人協会評論賞受賞
2002年　『現代秀句』（春秋社）
句集『静かな水』（春秋社）
2003年　『静かな水』により第53回芸術選奨文部科学大臣賞受賞
2009年　句集『夏至』（春秋社）
『十七音の履歴書』、『ゆうきりんりん』、『一句悠々』（春秋社）
2016年　句集『羽羽』（春秋社）
2017年　『羽羽』により第51回蛇笏賞受賞
2018年　『猫のためいき鵜の寝言　十七音の内と外』（春秋社）
2019年　紫綬褒章受章
2020年　『現代秀句　新・増補版』（春秋社）
2023年　句集『玉響』（春秋社）
2024年　『玉響』により第75回読売文学賞、第39回詩歌文学館賞受賞

読売俳壇選者　熊本日日新聞俳壇選者　南日本新聞俳壇選者

玉響《たまゆら》　正木ゆう子句集

二〇二三年九月十八日初版第一刷発行
二〇二四年三月三十日　第二刷発行

著者　正木ゆう子
発行者　小林公二
発行所　株式会社　春秋社
東京都千代田区外神田二—一八—六　郵便番号一〇一—〇〇二一
電話（〇三）三二五五—九六一一（営業）、三二五五—九六一四（編集）
振替〇〇一八〇—六—二四八六一

印刷所　萩原印刷株式会社


ISBN978-4-393-43453-6
https://www.shunjusha.co.jp/
定価はカバー等に表示してあります

正木ゆう子の本

## 羽羽

ははは、掃き清める大きなつばさ

〈十万年のちを思へばただ月光〉――時代を見晴るかす感性、生きとし生けるものへのしなやかな眼差しがとらえた豊穣な世界。森羅万象への直感が紡ぐ第五句集。第五十一回蛇笏賞受賞。

二二〇〇円

## 猫のためいき鵜の寝言 十七音の内と外

たった一度すれ違った人、一羽の鳥、よぎった思い。微かな思念、瞬間の情感――眼前に立ち現れる記憶に心が揺れ動く。蛇笏賞受賞の至高の俳人が綴る極上のエッセイ。

一八七〇円

## 現代秀句〈新・増補版〉

言葉の絶景を味わう。現代俳句の海から掬いあげた十八句を新たに加えた、時代を超えて伝えたい二百五十四の名句。十七音の世界の可能性を無限にひらく鑑賞への誘い。

二二〇〇円

価格は税込（10%）